AF234224

22 Juin 1905.

Collection d'un Amateur

ANCIENNES

PORCELAINES

D'ALLEMAGNE

PARIS — 1905

CATALOGUE

DES

PORCELAINES

ANCIENNES

DE

SAXE — HOECHST — FRANKENTHAL — LUDWIGSBURG
FURSTEMBERG — VIENNE

Composant la Collection d'un Amateur

Et dont la Vente aura lieu

HOTEL DROUOT, SALLE Nº 10

LE JEUDI 22 JUIN 1905

à deux heures

COMMISSAIRE-PRISEUR	EXPERT
Mᶜ LAIR-DUBREUIL	**M. R. BLÉE**
6, rue de Hanovre	56, rue Laffitte

Chez lesquels se distribue le présent Catalogue

EXPOSITION PUBLIQUE

Le Mercredi 21 Juin 1905, de 2 heures à 6 heures

CONDITIONS DE LA VENTE

Elle sera faite au comptant.

Les acquéreurs paieront *dix pour cent* en sus des enchères.

L'exposition mettant le public à même de se rendre compte de l'état et de la nature des objets, il ne sera admis aucune réclamation, une fois l'adjudication prononcée.

Paris. — Imp. de l'Art, E. Moreau et Cie, 41, rue de la Victoire.

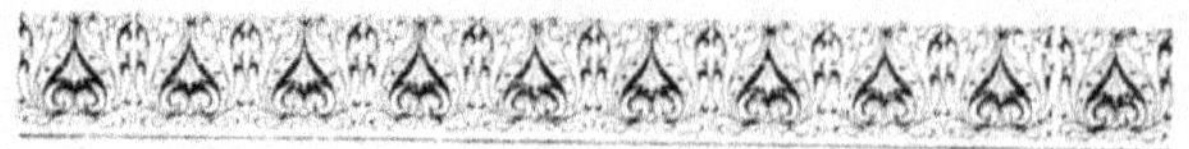

DÉSIGNATION

PORCELAINES ANCIENNES

1 — Très beau buste d'enfant dans une draperie fleurie à fond jaune ; bouquets de fleurs au corsage et à la coiffure. Ancienne porcelaine de Saxe.

Haut., 23 cent.

2 — Belle statuette d'homme richement vêtu d'un habit groseille à dessin quadrillé, rehaussé de dorure et d'une culotte verte, il tient une corbeille tressée, repercée pour servir de porte-fleurs. Ancienne porcelaine de Saxe.

Haut., 28 cent.

3 — Belle statuette de femme vêtue d'une robe à fleurs sur fond blanc ; elle porte sur le dos une hotte repercée pouvant servir de porte-fleurs. Ancienne porcelaine de Saxe. (Pendant du précédent numéro.)

Haut., 27 cent. 1 2.

4 — Statuette de femme figurant « le Chant » ; elle
est représentée debout, dans un costure richement fleuri sur fond mauve et tenant à la main
une feuille de musique. Ancienne porcelaine de
Saxe.

Haut., 27 cent.

5 — Statuette de personnage en costume oriental
et revêtu d'un grand manteau d'hermine. Ancienne porcelaine de Saxe.

Haut., 23 cent.

6 — Statuette de personnage vêtu à l'orientale
d'une tunique groseille. Ancienne porcelaine de
Saxe.

Haut., 22 cent.

7 — Figurine en ancienne porcelaine de Saxe : Enfant coiffé d'une feuille de vigne, vêtu d'une
robe de ton mauve et d'un fichu à fleurs sur fond
jaune.

Haut., 22 cent.

8 — Figurine en ancienne porcelaine de Saxe : Personnage de la Comédie italienne.

9 — Figurine en ancienne porcelaine de Saxe :
Personnage de la Comédie italienne.

10 — Figurine en ancienne porcelaine de Saxe :
Paysan dansant.

11 — Figurine en ancienne porcelaine de Vienne :
Marchande de poisson.

12 — Figurine de femme vêtue d'une robe à paniers, tenant un petit chien. Socle-balustre uni. Ancienne porcelaine blanche de Saxe.

13 — Figurine en ancienne porcelaine de Saxe : Personnage masqué de la Comédie italienne.

14 — Autre figurine en ancienne porcelaine de Saxe : Personnage masqué de la Comédie italienne. Base à décor d'entrelacs.

15 — Figurine en ancienne porcelaine de Saxe : Joueur de raquette. Tertre à rocailles.

16 — Figurine en ancienne porcelaine de Saxe : Pêcheur.

17 — Figurine en ancienne porcelaine de Saxe : Danseuse.

18 — Figurine en ancienne porcelaine de Saxe : Marchande de fruits.

19 — Figurine en ancienne porcelaine de Saxe : Moine en prière.

20 — Figurine en ancienne porcelaine de Saxe : Portefaix.

21 — Figurine de religieux tenant un Christ. Socle à moulure doré. Ancienne porcelaine de Saxe.

22 — Figurine en ancienne porcelaine de Saxe :
Marchande de plaisir, tertre fleuri à rocaille.

23 — Figurine en ancienne porcelaine de Saxe ; Personnage de la Comédie italienne.

24 — Figurine en ancienne porcelaine de Saxe :
Personnage de la Comédie italienne, vêtu de rouge
et drapé d'un manteau noir.

25 — Figurine en ancienne porcelaine de Saxe :
Jeune femme arrosant des fleurs.

26 — Figurine en ancienne porcelaine de Saxe : Jar-
dinier.

27 — Petite figurine en porcelaine de Saxe :
Bacchant.

28 — Figurine en ancienne porcelaine de Saxe :
Neptune.

29 — Figurine en ancienne porcelaine de Saxe : Sol-
dat turc.

30 — Figurine en ancienne porcelaine de Saxe :
Jeune femme vêtue à l'orientale d'une robe
verte.

31 — Figurine en ancienne porcelaine de Saxe :
Personnage vêtu à l'orientale, s'appuyant sur un
bâton.

32 — Figurine en ancienne porcelaine de Saxe :
Ravaudeuse.

33 — Petite figurine en ancienne porcelaine de
Saxe : Personnage revêtu d'une armure et drapé
dans un manteau vert.

34 — Petite figurine en ancienne porcelaine de Saxe :
Enfant déguisé en polichinelle.

35 — Petite figurine en ancienne porcelaine de Saxe :
Marchand d'oiseaux.

36 — Petite figurine en ancienne porcelaine de
saxe : Marchande de poissons.

37 — Petite figurine en ancienne porcelaine de Saxe :
Jeune femme jouant de la guitare.

38 — Petite figurine en ancienne porcelaine de Saxe :
Jeune femme tenant des fleurs dans son tablier;
auprès d'elle, une corbeille fleurie. Tertre à
rocaille.

39 — Petite figurine en ancienne porcelaine de Saxe :
Enfant tenant une aiguière.

40 — Petite figurine en ancienne porcelaine de Saxe :
Flore.

41 — Petite figurine en ancienne porcelaine de Saxe :
Enfant montrant du poisson.

42 — Petite figurine en ancienne porcelaine de Hœchst : Jeune femme béchant.

43 — Figurine en ancienne porcelaine de Frankenthal : Personnage debout vêtu d'un costume vert.

44 — Figurine en ancienne porcelaine de Ludwigsburg : Mendiant.

45 — Groupe en ancienne porcelaine de Saxe, composé d'une jeune femme et de deux enfants dont l'un est assis près d'elle et l'autre sur ses genoux. Tertre à rocaille fleuri.

Haut., 17 cent.

46 — Groupe en ancienne porcelaine de Saxe : L'Astronomie, elle est représentée assise sur un tertre regardant le ciel avec une longue-vue et appuyée sur un globe terrestre.

Haut., 29 cent.

47 — Groupe en ancienne porcelaine de Saxe : Flore représentée debout, vêtue d'une robe à fleurs dorées sur fond blanc, à côté d'elle, un petit enfant lui présente une corbeille remplie de fleurs.

Haut., 26 cent.

48 — Groupe en ancienne porcelaine de Saxe, composé de deux personnages d'homme et de femme près d'une colonne supportant deux petits amours.

Haut., 27 cent. 1/2.

49 — Beau groupe en ancienne porcelaine de Saxe :
Enlèvement de Proserpine.

Haut., 24 cent.

50 — Groupe porte-fleur en ancienne porcelaine de
Saxe, formé de trois singes.

51 — Groupe en ancienne porcelaine de Saxe composé de deux personnages, vendangeurs et ven-
dangeuses. Tertre à rocailles.

52 — Groupe en ancienne porcelaine de Saxe, composé de deux personnages dont l'un joue de la
guitare. Tertre fleuri.

53 — Groupe en ancienne porcelaine de Saxe, composé de trois enfants jouant. Tertre à rocaille.

54 — Groupe en ancienne porcelaine de Saxe, composé de deux personnages assis : Le Goûter.
Tertre fleuri.

55 — Groupe en ancienne porcelaine blanche de
Saxe, composé de deux personnages chinois
lisant sous un bosquet rocaille.

56 — Groupe en ancienne porcelaine blanche de
Saxe : berger et bergère assis sur un tertre
fleuri.

57 — Groupe en ancienne porcelaine blanche de Saxe,
composé de deux personnages dont l'un est
endormi.

58 — Groupe en ancienne porcelaine blanche de
Saxe, composé de deux petits enfants figurant
l'hiver.

59 — Groupe en ancienne porcelaine de Saxe : Jeune
femme assise sur une chèvre et allaitant un
enfant.

60 — Groupe en ancienne porcelaine de Saxe :
Femme assise sur un lion. Tertre à rocailles.

61 — Petit groupe en ancienne porcelaine de Saxe :
Enfant jouant de la cornemuse devant un chien
et un mouton.

62 — Petit groupe de deux moutons couchés sur un
tertre fleuri.

63 — Groupe en ancienne porcelaine de Frankenthal : Bergère et chèvre.

64 — Moulin à vent, posant sur un tertre en
bronze ciselé et doré à rocaille, supportant deux
figurines en ancienne porcelaine de Saxe, jouant,
l'une de la vielle, et l'autre de la cornemuse.

65 — Deux moutons debout sur des tertres fleuris,
montés sur des bases en bronze ciselées et
dorées. Pièces allant avec le précédent numéro.

66 — Pigeonnier en ancienne porcelaine de Saxe, sur
tertre fleuri supportant deux figurines.

Haut., 42 cent.

67 — Calvaire en ancienne porcelaine blanche de
Saxe : tertre avec la figure de la Vierge age-
nouillée.

68 — Petite maison en ancienne porcelaine de Saxe.

69 — Grande soupière à deux anses, avec son couvercle à bouton et son plateau à deux poi-
gnées, en ancienne porcelaine de Saxe, à décor
coréen.

70 — Soupière à deux anses et son couvercle, à
graine formée d'un citron coupé, en ancienne
porcelaine de Saxe, à décor de bouquets.

71 — Plat oblong en ancienne porcelaine de Saxe,
décoré de bouquets et de fleurs.

72 — Autre plat oblong, décoré au centre d'un
cerf et de fleurs. Le marli, ainsi que le fond,
sont décorés de motifs fleuris gaufrés.

73 — Plateau, de forme contournée, à deux anses,
en ancienne porcelaine de Saxe, décorée d'oiseaux et de papillons.

74 — Pot-pourri à couvercle sur plateau, à figures de
petits bergers gardant leur troupeau : ornement
de fleurs en relief. Ancienne porcelaine blanche
de Saxe.

75 — Vase pot-pourri à couvercle, orné de fleurs en
relief. Ancienne porcelaine blanche de Saxe.

76 — Coupe en forme de feuille en ancienne porcelaine de Furstenberg, décorée d'oiseaux.

77 — Autre coupe, formée de feuilles et de fleurs. Ancienne porcelaine de Saxe.

78 — Coupe creuse en ancienne porcelaine de Saxe, à décor coréen.

79 — Six coupes rondes en ancienne porcelaine de Saxe, à décor symétrique ajouré et ornées de fleurs variées.

80 — Groupe en ancienne porcelaine de Saxe : buffle chassé par des chiens.

81 — Lion héraldique debout, tenant un écusson armorié. Ancienne porcelaine de Saxe.

82 — Quatre chevaux en ancienne porcelaine de Saxe.

83 — Cheval en ancienne porcelaine de Saxe.

84 — Écureuil mangeant une noisette en ancienne porcelaine de Saxe.

85 — Poule en ancienne porcelaine de Saxe. Tertre fleuri.

Haut., 22 cent.

86 — Canard, formant bonbonnière, en ancienne porcelaine de Saxe.

87 — Deux perdrix grises sur leur nid, formant boîte à bonbons.

88 — Aigle, sur un socle, en ancienne porcelaine blanche de Saxe.

89 — Deux cygnes en ancienne porcelaine de Saxe.

90 — Deux autres cygnes, plus petits, en ancienne porcelaine de Saxe.

91 — Quatre petits oiseaux en ancienne porcelaine de Saxe : perroquets, pintade, etc.

92 — Petite boîte, en forme d'oiseau. Ancienne porcelaine de Saxe.

93 — Deux petits oiseaux sur tertre fleuri. Ancienne porcelaine de Saxe.

94 — Chien carlin couché. Ancienne porcelaine de Saxe.

95 — Loutre tenant un poisson. Ancienne porcelaine de Saxe.

96 — Bœuf et vache couchés. Ancienne porcelaine de Saxe.

97 — Petit ours en ancienne porcelaine blanche de Saxe.

98 — Petite chèvre en ancienne porcelaine de Saxe.

99 — Petit ours brun en ancienne porcelaine de
Saxe.

100 — Cinq petits chiens carlins, assis, couchés et
debout. Ancienne porcelaine de Saxe.

101 — Chien épagneul debout. Ancienne porcelaine
de Saxe.

102 — Petit chat assis. Ancienne porcelaine de
Saxe.

103 — Vase pot-pourri en faïence, sur un tertre
planté d'un arbre.

104 — Deux flambeaux en ancien émail de Saxe, à
fleurs, sur fond blanc.

RED. :

20

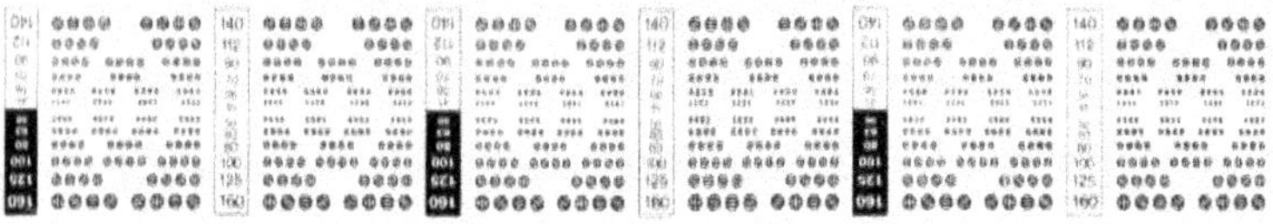

MIRE ISO N° 1
NF Z 43-807
AFNOR
Cedex 7 - 92080 PARIS LA DÉFENSE

graphicom

0 1 2 3 4 5 6 7 8 9 10

BIBLIOTHEQUE NATIONALE DE FRANCE

****

CHATEAU DE SABLE

1996